杉作J太郎詩集

よるひるプロ

目次

【朝】……7
【夕方】……9
【この世界】……11
【断絶】……13
【分断】……15
【すべてまぼろし】……17
【鳥の声】……19
【消えた駄菓子屋】……21
【いいじゃないか】……23
【人間は】……25
【夜空】……27
【コーラ】……29
【あのとき】……31
【志】……33
【復刊】……35
【田中邦衛さん】……37
【醜悪の生まれ方】……41
【生きる】……45
【善意=悪意】……47
【長いもの】……49
【世の中は思うようにならない】……51
【暗い路地】……53
【余計な言葉】……57
【夢】……59
【夏】……61
【Tに捧ぐ】……63
【アイアンコスモ】……65
【チャーハン】……75

【対話】……77
【餃子】……79
【店】……81
【忘れていくこと】……85
【渡哲也さん】……87
【新しい世界】……91
【収集車はきっと】……95
【人との距離】……97
【ランボー】……99
【映画館】……101
【千葉さん】……105
【棄てる】……109
【木】……111
【戦争】……113
【過去】……115
【年齢】……119
【ベランダの鳩】……121
【生まれ変わったら】……123
【やるべきこと】……125
【歩こう】……127
【他者】……129
【孤独】……131

【朝】

寝ている間に
起きた出来事を
私は知らない

寝ている間にも
世界は動く

知らない朝が来た

【夕方】

曇りの日は
夕方がはっきりしない
雨がパラパラ落ちていて
雲が厚かったりするともう
昼間からかなり暗い

喫茶店に入って
外に出たら真っ暗だった

夕方という時間を
コーヒーとともに
飲んでしまったかな

【この世界】

この瞬間も
儚い

この幻のような日常が成立するのは
そこに愛があるからだろう

愛がなければ世界は荒涼すぎる

たとえ
その愛が全く報われなくても

【断絶】

人との距離が離れていく
人との関係が薄れていく
人を理解する機会が激減していく
人との対話が奪われていく
人との出会いが減少している
人との接触が失われていく
人それぞれだという観点が軽んじられている
人の名前を思い出せなくなっている
人のことを思い出さなくなっている
自分が人であると認識しているだろうか

【分断】

コロナウイルスで人と人が分断されていく
気持ちがすれちがう
生活が荒んでいく
孤独に耐えられなくなっていく
人が人を見捨てていく

でも
私は
私を
見捨てない

私は

私の
そばにいる

私は
私を
たいせつにしたい

【すべてまぼろし】

俺は孤独だと
よく怒り
よく涙した

家庭があるとか
職場があるとか関係ない

生まれてくる前は存在してなかった俺が
いつか死んでいくまでのあいだ
孤独を憂いているわけだが
整理してみるとわかる

落とし穴がそこにある
理解してくれたと思った瞬間
万物の崩落が始まる

孤独を嘆くな
孤独が友である

寂しさを悲しむな
この世に誕生した証拠である

すべてまぼろし

【鳥の声】

聞きなれない鳥の鳴き声で目覚めた朝は
寝る前に見た映画のせいだろうか
重いような曇り空であった

午後になって雲はいよいよ重く
さっきラジオで言っていた
このあと雨になるそうだ

私の心にも
たくさんの雲が
重く
停滞している

そんな気がするだけだろうか

このあと雨になるそうだ

【消えた駄菓子屋】

記憶の中だけにある駄菓子屋が何軒かある
いずれも
もう
ない

実際に行ってみたが
どこも跡形がなかった
建物自体が建て替えられているのがほとんどだ
いま思えばどこもそんなに広くなかったが
そこにすべてがあった
貸本屋を兼ねていた店もあった
薄暗い店の中
なつかしい

すべてがスマホの中で事足りるかもしれない現代
後ろ向きでなく
前向きな気持ちでしっかりと思える
悲しい

【いいじゃないか】

残念だが
自分は間違っていないと言い張る人が増えた

残念だが
最近のことだ

残念だが
面白くない

つまらないことだ

正しいことに
なんか意味ある？
まあ
あるんだろうけど
つまらない

叫びたい
間違っていていいじゃないか

【人間は】

学校の先生に怒られたり
職場の年長者に怒られたり
まあ、ある
家庭でも
街を歩いていても
自動車を運転していても
怒られたりする
怒りをぶつけてくるやつらがいる
そんなやつらに教えてやろう
人間は誰かの思うようには絶対にならない

【夜空】

夜になって
空が晴れていることがある
雲が
すごいスピードで流れている夜がある
月の明かりで
読書しながら
ラジオから流れる音楽に耳を傾けて
ああ
むかし
遠い昔にも
こんな夜があったなあと思う時
私はその頃まだ子供だった

この先がたくさんあるということは
すばらしいことだが
この先が短かったとしても

瞬間瞬間の
流れる雲は
眺めたい

【コーラ】

中学生の頃
学校の帰りに
大人になった今とは格段にポケットの中にお金がない状態で
いまだったらほとんど文無しと言える状態で
中学生が
コーラを飲む気持ちはどんなだったか
コカ・コーラもペプシコーラも
ごくごく飲んだ
うまかった
もう二度と訪れないあの時代
あの頃の自分
コーラの味も実際変わったらしいが
それもあるのかと思うとたまらなく寂しい

【あのとき】

間違えた判断を
することがある

あのとき
ああすれば
よかったな

あのとき
ああしていれば
いまとは違ったいまになっていただろうな

考えても
無駄なことを
あれこれ考える

そして目を開けば

いまの自分

たまらなくからだが
重くなっていることがある

むかしのことは
ああすればよかったのにみたいなことは
考えないようにしよう

現在に悪影響を及ぼす昔は
忘れよう
棄てよう
是が非でも

【志】

志のない人は
いくらいい人ぶろうが
いくら貯金があろうが
とるにたらない
そうした人の背中は
すすけている
テレビやマスコミがいくらもてはやそうとも
すすけるものはすすけている

【復刊】

ウイルス地獄の真っ只中に
復活したわけだが
呪われた再生と見るか
前代未聞のしぶとさと見るか
画期的に間の悪いボンクラと見るか
まあなんにしても本懐である
この先が貧困と絶望に満ちた世界でも
むしろそこが生きる場所だと
俺たちは知っていた
そんな世界でも女と男
ある晴れた朝
枯れているがゆえにロマンチックな泉の前
初デートの目印は
最新号
復刊していてよかったな
失恋は自己責任でお願いします

【田中邦衛さん】

田中邦衛さん
あなたの名前がポスターに並んでいるだけで
田中邦衛さん
もうぜったいに期待してしまう
田中邦衛さん
どう転んでも
田中邦衛が出てくるのだから
田中邦衛さん
少なくとも元は取れる
田中邦衛さん
ありがとうございます
田中邦衛さん
気取っていてもぜったいに許せる
田中邦衛さん
ごくまれに救いのない悪役をすると寂しいけど
田中邦衛さん

頭蓋骨を粉々にされるともうやけくそで爽快
田中邦衛さん
宙づりにされて殺されても
田中邦衛さん
そこはかとないおもしろさが滲む
田中邦衛さん
ほんの一瞬出てきただけで
濁った空気を入れ替えるような
フレッシュ！田中邦衛さん
主役じゃなくてもいいじゃんか
出番が一瞬でもやることは
必ずあると教えてくれた！田中邦衛さん
出ながら引く
引きながら出る
派手さはなくても光っていて
光っていても自分を売らない

田中邦衛さん

いま思えば

ぼくたちはあなたのいる世界に生きてきた
行く先々で主役になることがなくても
だから生きられた

ありがとうございました。

【醜悪の生まれ方】

かげぐち
漢字で書けば陰口
というのは言葉からしても
あまりいいものではなく
自分なんかも
人のかげぐちを言うようなことはないようにしたい
と思うことは多かった
人生において

それがいまはツイッターとかインターネット掲示板とかに書くことによって
表に出ているというか
全世界に発信しているので
陰口ではないように思っているのかもしれんが
れっきとした陰口である

陰口を言って堂々としているという

信じられないほどに
醜悪な人種が
いまこの世にはいる

どうしてこんなことになってしまったか

システムが悪いのか
醜悪な個人が悪いのか
答は簡単だ

インターネットが普及し始めた頃
状況はなんかたのしかった
明るくて希望に満ちていた

便利な道具に酔って理性を失う人間が
大量殺人兵器を開発したり使用したりした

それと同じだ

誰かに不快な思いをさせるインターネット利用は
許されることではない

【生きる】

いつまで生きる
肝心の本人も知らない
ああ
人生に計画なし

そこで目的を持ったり
夢を語ったり
泣いたり
感激したり

ああ
刹那に上下なし

【善意=悪意】

善意に見えるが
悪意である

善意に見える悪意が溢れてる

1970年代の東映映画が教えてくれたことを思い出そう
悪く見えるやつのほうがまともだ

寂しい世の中とも言えるが
悪意に染められるのだけはごめんだ

嫌われる勇気を持って
生きていきたい

【長いもの】

大きな会社や
強大な権力が大好きな人はいる

そういう人が
そばにいると
げんなりする

【世の中は思うようにならない】

世の中は
本当に
思うようにはならない

ごくたまに
思うようになることもあるが
それとて
妥当の折り合いがついているにすぎない

頑張ったからいいことがあるというのもまやかしで
ただのギャンブルにすぎない

出世した人や
お金持ちは
運がよかっただけだ

ただ運は均等でも平等でもなく
死ぬまでずっと運のいい人もいる
死ぬまでずっと運の悪い人もいる

何十年もたからくじを買い続けている人はいくらでもいるが
最終的に当たるには人生はあまりにも短い

ああ
人生が
1000000000000000000000000000万メートルぐらいあれば

俺は今現在も
昼寝しているだろう
昼寝しているだろう
それがいいことかどうかは
また別なのだが

【暗い路地】

暗い路地を抜けたら
もっと真っ暗だった
そんなときにも昔なら
ポケットにライターがあったけど
いまはないんだ

たばこをやめたわけではないが
やめてるよな
もう何年もすってない

38年間ぐらいいつもポケットにライターがあったかというと
マッチの時期もあった
青バックにトムとジェリーのイラストが描かれた
ギャレットのマッチ
好きだったな

ジッポーも長かった
柳ジョージとレイニーウッドのジッポー
何年も見てないけど
どこにいったのやら

結局この世はそんなもの
いつの間にか
知らないうちに遠ざかる

気が付けば生きてなかったということも
珍しくはないと思うんだ
気が付けば生きていたわけだから
よくある話だと思うんだ

別に行きたいところがあるわけじゃない
暗い路地でうずくまるのもどうしたものかと思うだけのような気がする

暗い路地を抜けて

あまり眩しい場所に出るのも
考えものだ

【余計な言葉】

いやなこと言われたり
ひどいこと言われたり
そんなどうでもいいゴミのような言葉も
人間から発せられていて
その人間も会ってみたらいい人だった、とか
腰の低い、いい人だった、とか、
なんの解決にもならねえ
そんな腰の低いいい人、にもなめられたということですよ

高みから
論ずるのもおかしい
余計なお世話である

そう
ほとんどすべての
個々に投げられる言葉は余計なお世話

余計なお世話は
ポイポイっと棄てていきましょう

【夢】

夢の中で
置き去りにした出来事は
誰が回収できるのだろう
俺はもう
そこには行けないのです

【夏】

灼熱の太陽が
照り付ける
まぶしすぎないか
暑すぎないか

水は乾き
土は割れ
花も枯れた

それが夏

水を飲もう
飲める水があるということは
幸せなこと
たいへん

幸せなこと

【Tに捧ぐ】

「信じられないかもしれませんが
相思相愛だったんです」

小学生か中学生の
恋の思い出を
露天風呂の湯の中で
照れながら
誇らしそうに
たいせつに置くように
小声で語った彼は
もうこの世にいない

彼は結局生涯結婚することもなかったが
その
思い出が
宇宙である

人生である

【アイアンコスモ】

一

夜空にばらまかれた星のなかにも
泣いてるやつはきっといる
くやしいか
さみしいか
ダイヤモンド寒薔薇
いまにみておれ変身だ
冷静に考えたら
まだ宵の口だったが
変身せよ
アイアンコスモ

二

女は男に出会った瞬間に
ああきっと私はこのひとに
抱かれるんだわと思うとか思わないとか

好きよ
大好きよ
ダイヤモンド寒薔薇
まけてたまるか変身だ
だがその正体は
明かしてはならぬ
アイアンコスモ

三

横浜反町蛍の光
クチビルゲ、チンチンポテト、田端の親父
意味はない
そもそも意味はない
ダイヤモンド寒薔薇
広い宇宙もいつかは終わる
そう言い切れるか
言い切れない
マンハッタン交番に朝が来る

アイアンコスモ

四

人生はたいていいちどきりだが
そのいちどがないやつもいる
涙が出た
ダイヤモンド寒薔薇
がんばってみようもういちど
踏ん張ってみようもういちどだけ
まだ遅くない
歯をくいしばれ
さらば愛しきひとよ
アイアンコスモ

五

言ったもん勝ちみたいな世の中だが
俺は絶対に言わない
センチメンタルな旅

ダイヤモンド寒薔薇
海岸線を列車は走る
冬枯れの重たい空の下
人恋しいけど
まあがまんできるさ
さりげないね
ＯＫ！
アイアンコスモ

六
つきあってもない女を呼びすてにする男は
クズだと俺は思う
お前だよ
お前さんだよ
ダイヤモンド寒薔薇
旅に出てふと立ち止まった店先で
見たポスターの女の子
まゆゆに似てると思ったら

本当にまゆゆだった
たいしたことはない
たいしたことはない
アイアンコスモ

七

高城亜樹と天野アキ
どっちが好きかと問われたら
ピッチャー交代
ピッチャー大野
ダイヤモンド寒薔薇
期待してください
期待されたのだから
夢はまだ
アイアンコスモ

八

もうおしまいだとつぶやいた

死ぬしかないとつぶやいた
くやしいか
なさけないか
ダイヤモンド寒薔薇
ここからが勝負だ
裸単騎
失うものは命以外になにもない
だがその命がたいせつ
ひとりにひとつずつ
ふたつあったやつはいない
その命を
投げ捨てようと言ってるんだ
変身せよ
アイアンコスモ

さようなら
アイアンコスモ
さようなら

アイアンコスモ

九

帰ってきたぜ遅くなったけど
元気ですか
今日の一曲目
よしだたくろう元気です
それでもいつかひとは死ぬ
その軌道から逃れられたやつはいない
ダイヤモンド寒薔薇
陽だまりで
食べるお弁当
手作りのサンドイッチ
おにぎり
玉子焼き
タコさんウインナー
おいしいね
しあわせはここにある

アイアンコスモ

十

タバコをやめて一年半たつが
まだときどき吸いたくなる
まぼろしだったか
ダイヤモンド寒薔薇
中学の頃に仲の良かった同級生
いま会ってもわからない
ひとは変わる
ほとんど別人のようだが
本人にしてみれば変わってない
俺は俺
あんたはあんた
あんたのバラード
俺のバラード
夜のバラード
変わったのは何だ?

アイアンコスモ
アイアンコスモ
アイアンコスモ

【チャーハン】

宝石ばらまいた
夜景のように見えたけど
食べたら
チャーハンだった
焼き飯ともいう

赤いニンジン
黄色いたまご
緑はネギ
水晶のようなタマネギ
もうこれでいいよ
これがいいよ
私の宝石

食べたらなくなった
お皿に油が

てかってる
宝石はどこへ行った
夢のようだ

【対話】

新型コロナウイルスは
感性も傷つけた

誰がどこでどう息絶えようとどうでもいいなら
なんのための道のりだったのだろう

話したい
リラックスして
誰とでも話したい
話すことで道もできる

特定の誰かとだけ話していたら
世界は終わる

【餃子】

餃子は二皿食べたい
一皿だと足りないからだ

餃子は二皿食べたい
注文するときに誇らしいからだ

ひとりで二皿食べたい

ふたりなら四皿で
三人なら六皿……
とはいかない

一皿でいい人もいるからだ
そもそも食べない人もいるからだ

餃子は

ひとりで食べたい
食べるリズムがあるからだ

【店】

なんでも売ってた駅前の店
雑誌
お菓子
弁当
駅前じゃなくてもあったね
雑誌
お菓子
弁当
ジュース
タバコ
簡単なプラモデル
吊るされた大きな紙にホッチキスで付けられた玩具
ノート
のり
つまり文房具
タワシ

つまり生活用品

子供だったので
生活用品の思い出はあまりない

夜もそんなに遅くまで
開いてなかった

閉店時間とか
決まっていたのかな

決まっている店もあっただろうが
決まってなかった店もあったのではないか

夜になって
なんとなく人が途絶え
もういいかなというタイミングで
閉めて

たまに閉めた後
どうしても欲しい人が戸を叩いたら
ものを売ることもある

いまの人はどう思うかわからないが
それがよかったと思う気持ちが私にはある

もし私が店を開いたら
そうしたい

閉店時刻未定
というのとは違う

開店時刻は決めてもいい

【忘れていくこと】

忘れていることがある
忘れているから思い出さない
思い出さないことがある

人に言われても思い出せない
忘れてしまっていることがある
あのとき
その人は
なにを話したか
あのとき
私たちは
なにを見つめたか

忘れていくのだろうか
忘れていくのだろう
もう二度と思い出さないのだろうか

本当に
それでいいのだろうか

すべてが
流れていく
すべてが
すぎていく
遠ざかる
遠ざかる

そして
明日が訪れる

【渡哲也さん】

先輩

おつかれさまでした

先輩がおられなかったら
俺らはどうなっていたことか
せこくてしょぼい点取り虫の出世レースみたいな世の中で
先輩はいつもそれに背を向けて
気の合う連中とまあ仲良くやれやと
そんな感じだった

積極的に女の機嫌とるのも
相手をするのも面倒くさい
まあ
好きだとか愛してるとかは
照れますネ……

そんな感じでいいんじゃないでしょうか
ものごころがついたときからずっと
先輩がおられたから
世の中に絶望せずにすみました

先輩

実際に会ったことなくても
先輩です
長い間ありがとうございました

シャイな笑顔と
ひとりが似合う寂しさを
軍団で覆った時期もあるが
病に倒れて満身創痍の先輩を
支える方法だったのだ

長いものに巻かれるのではない
売れるために生きるのではない
やさしさと
そのやさしさを維持する強さと
まっすぐな思い

先輩
俺たちも
行けるでしょうか

新宿アウトロー
新宿に向かうタクシーの中で
風に吹かれて眠ったときに
見た夢なのだろうか
さりげなく
ささやかで
はかない
それゆえに

かけがえのない
先輩のすべて
ありがとうございました

【新しい世界】

青空を見ても
そこに未知のウイルスがあって
それは
感染する人としない人がいて
感染しても発症する人としない人がいて
発症しても重症化する人と軽症で終わる人がいる

一年以上前
そう報じられた時
絶望したんだ
たいへんなことになる
どう考えても
たいへんなことになる

人の心が壊れていく

そう思ったので
ラジオのエンディングテーマも変えた
話す内容も変えた

疲れた

疲れ果てた

本当にもうだめだと思った

この一年

何人かの人が亡くなった

もうだめだと
思ったが
ワクチンを打って気持ちに変化があった

孤独でもいい
ここからまた始めていこう
亡くなるものもあるが
作れるものもある
無くなった道もあるが
新しい道も必ず見つかる

科学者の人たちもそう思って頑張っているんだろう

まったく新しい生き方が見つかる

若い人たちならとくにそうだ
手垢のついてない
新しい世界が待っているはずだ

【収集車はきっと】

生きているうちである
死んだらなんにも気にならない
怒りや
イライラや
納得いかないことや
そんなこともきれいさっぱりなんにもなくなる

そう考えたら
生きていることで可能なこともいろいろあり
そうした怒りや不愉快を
消去あるいは軽減する方法も
きっとある

酒ではない
誰かにわかってもらうことでもない
それは怒りの拡大に繋がるおそれがある

頭の中で
ゴミ袋に入れて
頭の中のゴミ捨て場に捨てる
次の朝
ゴミの収集車が来ればいいが
来ないかもしれない
そこが勝負だ

ゴミ収集車は来る
ゴミ収集車は来る
ゴミ収集車はきっと来る

そう信じて
そう信じれば
やっていける

【人との距離】

人との距離が遠くなったのか
そんなふうに思わない
もともと遠く離れていたよ

一生会わない人もいる
一億人以上いる
ほとんどの人と会わない
その中に
本当に大切な人がいても
会えない

いま
出会えている人の中にも
きっと会いたい人はいるので

その人に会った時に
恥ずかしくない人間でいよう
人間になろう

【ランボー】

戦場で出会った彼女が
のちに君の妻となり
ともに牧場で暮らした未来もあっただろうか
目を閉じるとそんな昔があったようでもあり
絶対に来ない幻とも言える

世の中に常識は存在しない
信じられないことばかりだ
信じられない戦場で
信じられない経験をした君を
常識を構築したい人間たちが異物扱いしたことから
残虐な大量殺戮はスタートした

河を行く船の甲板で
君の手が彼女の胸元に揺れるペンダントに伸びたね
その伸ばした彼の指の先に

完結篇「ラスト・ブラッド」の暮らしがあった

パーティから姿を消しても誰も気づかないと言う君
その会場からの帰り道
遠回りして川沿いの夜道を歩いただろうか
そこをいっしょに歩いた気がする

なんだかものすごく懐かしいよ
耳をすませば
あのメロディと川のせせらぎが聞こえてくる

さようなら
ジョン・ランボー
いつまでもいっしょだ
ジョン・ランボー

【映画館】

頭上を電車が通る映画館もあれば
上映されてる世界に吸い込まれるように
随時人が消えていく映画館もある
スクリーン裏に便所があるのだ

いろんな映画館があってたのしい

繁華街には当然あるが
さびしい場末にもあり
ショッピングモールにもあって
荒野にぽつん
風に飛ばされそうなのもある
膝に手が置かれたので
となりの客かと身構えたら
大きなネズミで気絶しかけたこともあった

なにもかもたのしかった
なにもかもに心が躍った
つまらなくてもおもしろい
寝てしまうこともあるが気持ちいい

飛び込んだら
ひんやり真っ暗
スクリーンの中だけが息づいている
誰かがなんか言ってるが
なにせ上映途中の映画館に飛び込んだので
なにがなんだかまったくわからない
まあそのうちわかるだろう
椅子にからだを沈める
そして数時間後
「よし、ここから見た」映画館を出て
いま最後に見た場面と
飛び込んだときに見た場面とを
頭の中でつなぎあわせる

人間の一生のようだ

【千葉さん】

千葉さんの眩しい笑顔こそが生きている喜びであり
千葉さんの跳ねる肉体運動が明日への躍動であり
この先どんどんたのしくなりそうな
そんな時代の輝きであった

だがいまは違う
この先
なんにもたのしいことが待っていなさそうな
人と人の悪意と攻撃性と優越感が交差する
人格破壊ウィルスのまん延する時代の真っただ中
千葉さんは旅立った

（千葉さんだけは死なないと思っていた）

多くの人がそう語り思うのは
本当にそうとしか思えなかったから

私自身、千葉さんの追悼の詩を書くとは思わなかった

はっきりと記憶にある
白銀輝く札幌五輪開催中「キーハンター」見たさに家路を急いだ
同性だけれど恋だったんだろう
千葉ちゃんがたまらなく好きだった
小学生だった私には最高に魅力的で
最高に憧れだった
厳密には恋ではなかっただろうから憧れだった

大人になって会ったら機嫌を損ねてしまったが
再会時には最高の笑顔で迎えてくれた
ほっとして涙が溢れた
その涙の味を千葉さんは知っているように思った
過剰なほどにやさしく親切にしてくれた
意気投合もしてくれた
千葉さんは私に旅に出ろと言ってくれた
千葉さんは現実よりも夢を語った

千葉さんには壮大な夢が似合っていた
千葉さんに不可能はないと思えたが
実際には不可能もあったのだろう
千葉さんがカップ麺を食べているという
なんとも不思議なスキャンダルが出た際
街角で直撃したカメラに向かって千葉さんは言った
夢を追う人間は夢にお金を費やすからお金がないんです
正確ではないがそんな意味の発言だった
たまたま出先のテレビで見てこころの涙が出た
私もお金に困っていたからだ

うまいもの喰って性交するために人間は生まれてくる
という笠原和夫先生の脚本は
ザ・人間、千葉さんが口にすることで
何百倍もの強い言葉となった

千葉さんは旅立った
ウイルスや時代に殺されたのではない

旅立ったのである

「NHKは来てるかな」（映画「ボディガード牙」より）

旅人ひとり

千葉さんは沈む夕日に向かったのである

【棄てる】

ぼんやりしていると
うまくいってるやつを見て腹が立ったりしてくるが
じっくり考えてみると
俺は俺でしかない
とれている気になっているコミュニケーションも
思い込みに過ぎず
実際にはむしろ孤独なのだから
それでいいじゃないか

孤独なものどうしが
やっとのことで交わす言葉や気持ちこそが
孤独を薄めることができる
とれている気になっているコミュニケーションは
孤独を深くする強くする苦しくする

不器用なのがいい
不器用でありたい
器用な部分を棄てていきたい
器用なやつに騙されるな

【木】

見たこともない
大きな木だった

いつからここにいるのだろう
百年や二百年だとは思えない

伝わってくる

言葉ではない
なにか

言葉にする必要もないと思った

言葉にしようとすると
するりとこぼれて消えてしまいそうだ

幸せというのもまた
そんなものなのだ

【戦争】

戦争は
対話
会話なきところにある

誰かを
自分の世界から
はじいてはならない
誰かを
遠ざけて
避けてはいけない

戦争は
絶対によくない
絶対に戦争をしないために
私は

誰も遠ざけない
話し合おう
すべての人と
理想かもしれないが
頑張りたい

【過去】

過去は変えられないので
この先がさほど長くないことを考えれば
囚われることは絶対に避けなければならない

作りかけのプラモデルがいくつかあるわけである
たとえるならば

作りかけの料理がいくつかあるわけである
たとえるならば

読みかけの本が何冊かあるわけである
たとえるならば

完成してないパズルがあるわけである
たとえるならば

達成してない目標があるわけである
たとえとかでなく

ほんのすこしでいいから夢を実現したいわけである
たとえとかでなく

俺の夢を壊すもの
それが過去の俺自身である

俺に未来を与えないもの
それが過去の言動である

いくばくかのかねと引き換えにした言葉である
いくじくかのかねと引き換えにした文章である
そのかねがなければ生きてこられなかったのだ

かねのために
笑って

かねのために
必死になっていた

そんな俺を
かわいそうだとは思う
よく頑張ったとは思う
それはそれで俺の道だった

過去に囚われる必要はない
過去にフォーカスを合わせる必要もない

過去を知る人の言葉よりも
未来を作るための強い気持ちをたいせつに
今日も生きよう

【年齢】

なぜ人間には年齢があるのだろう
なぜ人間には名前があるのだろう
犬や猫は自分が何歳か厳密には知らない
名前もないはずだ
ペットや動物園で飼われている場合のみ便宜上名前で扱われるだけだ
もし
私に年齢も名前もなかったら
どうなんだろうね
考えるだけ無駄かもしれないが
考えてみたい

【ベランダの鳩】

人は
やさしい気持ちでいられたほうがいい
先週からベランダに鳩がやってきて大量の糞をする
洗濯物に留まったりしている
鳩が入ってこれないように網を張った
調べたら法律で捕えたり攻撃したりもできない
巣をつくられたとしても撤去できない
卵を見つけても破棄できない
卵を見つけたら鳩がやってこれないようにもしてはいけない
来れなくすると卵が死んでしまうからだ
納得のいかない法律だが
腹を立ててる時点で俺はやさしくない
やさしくなければ
この世は闇だ
がんばりどころである

【生まれ変わったら】

生まれ変わったら
昼飯に銀たこ喰いたい

生まれ変わったら
なに人だろう

生まれ変わったら
朝飯にほか弁食べたい

生まれ変わったら
人間じゃない確率は高いだろうか

生まれ変わったら
高校の帰り道に回転ずし食べたい

生まれ変わったら
地球上だろうか

生まれ変わったら
ほかの宇宙だろうか

生まれ変わったら
また会えるだろうか

いましかない

【やるべきこと】

絶対に
やらねばならないことというのは
ない

自分で決めたことは
自分で変更することができる

いちど決めたことに
ふりまわされてはならない

決めたのは自分で
その判断は絶対ではない

自分の正義も絶対ではなく
すべては思い込みと自己正当作業かもしれない

それでは話にならない
思い込むな
推理するな
断定するな
力を抜いて
全方位に可能性を見出して
大きく息をしよう
そこに明日がある

【歩こう】

だからもう
歩こう
歩いていくしかない
走ってもいいが
疲れたり
引き返すとか
そんなんはよくない
歩こう
ゆっくりでいいから
歩いていこう
いままでと違うなにかが
かならずある
言いたい奴には言わせておけ
歩いたら
歩いたぶんだけ雑音は遠ざかる
歩こう

歩いていこう

【他者】

私はどう見えているのだろう
気にすることはない
気にしてもしかたないからだ

私は
私でしかない
私は
私である

私の見ている世界は
私にしか見えない
私の考えていることは
私にしかわからない

他者の気持ちを覗き込むな
覗き込んでも
なにも見えない

【孤独】

たまらなく寂しい

死んでしまいたいぐらい寂しい

だが
死ねばなんとかなるか
死ねば寂しさから逃れられるか

死んだら
もっと孤独になるだけ
人間
誰でも
いつか死ぬ
孤独を味わうのはその時でいい

生まれてくる前も

孤独だった
なにもない
誰もいない
私すらいない
発狂するほどの静寂

いま
生きている

いま
ここにある

たまらなく寂しいか？
寂しくない

理解してほしいか？
誰も理解できないと思う

死んでしまいたいか？
生きていたい

そう思えなくても
思おうよ

泣くな
嘆くな

足元に地球がある
背中に宇宙がある
孤独でなければ
見えないものはある

物語は
ここから始まる

杉作J太郎詩集

2021年12月25日　初版第一刷発行
著　　者　杉作J太郎
発 行 者　門田克彦
発 行 所　よるひるプロ
〒166-0001 東京都杉並区阿佐谷北2-13-4 1F
Tel&fax　03-6765-6997
E-mail　yorunohirunepro@gmail.com
URL　http://yoruhiru.com/
Twitter　@yorunohirunepro
協　　力　七月堂
ワタナベキヨシ